JN312867

天使のつばさに乗って

マイケル・モーパーゴ 作
クェンティン・ブレイク 画
佐藤 見果夢 訳

ON ANGEL WINGS
by Michael Morpurgo
Illustrated by Quentin Blake
Text copyright © 2006 Michael Morpurgo
Illustrations copyright © 2006 Quentin Blake
The moral rights of the author and illustrator have been asserted
A CIP catalogue record for this title is available from the British Library
Japanese translation rights arranged with
Egmont Books Limited, London
Printed and bound in Singapore

クリスマスの晩、この物語を読む
子どもたちみんなへ
M. モーパーゴ

子どものころはともかく、おれたちはもう、じいさんの昔話なんて信じちゃいなかった。まあ、本当にそんなことがあればすごいけど。だが、どう考えてもありそうにない、ほら話なんだ。

それでも、じいさんの話にはわくわくする。毎年あの話を聞かないことには、この日が来ない。

おれたちは羊飼《ひつじかい》。荒野《こうや》に野宿して羊の番をする。ずっと昔、あの人が生まれた晩《ばん》に、じいさんが来ていたのもこのあたりだ。その晩《ばん》、とんでもないことに出会った……というのがじいさんの話だ。

ゆうべのこと。おれたちはいつものようにマントを体に巻《ま》いてたき火のまわりにおさまった。羊たちは、そのへんの暗がりでうろついてる。いよいよ昔話の始まりだ。じいさんが杖《つえ》の先でたき火をつつくと、夜空に火の粉《こ》が舞《ま》い上がった。

昔話が始まった。「小さい時分にはな、空の星はどれもこんな火の粉《こ》から生まれると思ってた。ずっと消えずに燃《も》え続《つづ》ける火の粉《こ》だとな。ある晩《ばん》のことだ、わしはまだ九つか十の子どもだったが、夢《ゆめ》のようなことに出会ったんだ。

あの時いたのは、親父《おやじ》、おじのザック、それから兄さんのルービンとヤコブ。みんなくたびれて気が立ってた。ひどい一日だった。前の晩《ばん》オオカミかジャッカルに子羊を殺《ころ》されたからな。だから、夜たき火を囲《かこ》んだって、歌も出やしない。口をきく者さえなかった。例《れい》によってわしは、火の粉《こ》を出して星を作ろうと、杖《つえ》でたき火をつついてた。その時、ふしぎなことがおこったんだ。

　火の粉《こ》が空高くのぼっていかず、まるでじゃれあうように飛《と》びまわるじゃないか。そのうち、ひとつにまとまって、何かの形になった。人間だ。

そう思ったとたん、まぶしく光りかがやき始め、つばさを広げ空中にうかんだ。まさか天使……かい？　わしは親父《おやじ》の胸《むね》に飛《と》びこみ、顔をうずめた。そっと見ると、おじさんも兄さんたちも地面につっぷし、ヤコブなぞは赤んぼうみたいに泣《な》きじゃくってた。羊は悲鳴をあげながら、四方八方に、にげまどっている。

「おどろかせてごめん、ごめん」親しげに話しかける天使の声に、羊たちもぴたりと鳴きやんだ。

「急に出てきたから、びっくりしたよね。そうこわがらずに、まあ、聞いてくれないかなぁ」

そのおだやかな声を聞くうちに、気持ちが落ち着いてきた。おじさんと兄さんたちは、ひざ立ちになって天使に見とれている。あっけにとられたような顔だった。羊たちは、自分のせわをしてくれる羊飼《ひつじかい》と思いこんだのか、天使をしたって、あちこちから集まってきた。ザックおじさんが、思い切って話しかけた。

「本物の天使なんで？」

「そうだよ。私は、大天使ガブリエル」

「夢《ゆめ》か、まぼろしか？」親父《おやじ》が、しがみつくわしをしっかりかかえたままで、つぶやいた。

「夢《ゆめ》じゃないよ。今から大事なこと言うから、聞いておくれ」そして天使は語り始めた。

「聞け羊飼《ひつじかい》たちよ。われは大いなる喜《よろこ》びの知らせを持ってここへ来た。こよい、この地に近いベツレヘムの馬小屋で、赤子が生まれた。それは救主《すくいぬし》。あらゆる民《たみ》に安らぎといつくしみをもたらす方。いずれ王となられるその御子《みこ》は、産着《うぶぎ》に包《くる》まり飼《か》い葉桶《はおけ》にやすんでおられる……**ちょっと、その顔はなに？　天使の言うこと信じないの？」「王さまなら、お城《しろ》で生まれるだろうに」という親父《おやじ》の言葉に、「この王は特別《とくべつ》なの」と大天使。**

「百聞《ひゃくぶん》は一見にしかずって言うから、疑《うたが》うなら行ってみなさいよ。自分の目で確《たし》かめればいい」

「行こう。行ってみようぜ」おじさんは立ち上がった。「でも、行き先を教えてくれなきゃ行けませんよ。ベツレヘムには馬小屋がいくつもある。どうやってさがせと言いなさる？」

　大天使ガブリエルはすぐさま、「簡単《かんたん》だよ。私が消えたら、東の空に大きな星が出るから。その星について行くと、馬小屋の上で止まる。そこが、目的地《もくてきち》だよ。さあなにをぐずぐずしてる！

行くの？　それとも行かないの？」

「なんで、よりによって
わしらに知らせを？」

ザックおじの問いに大天使ガブリエルが答えた。

「だって、羊飼《ひつじかい》でしょ？……なぜなら、いつの日か、主はそなたらと同じく導《みちび》き手となられるのだ。いや、羊ではなく、人々の導《みちび》き手とな」

「どうだかな」ルービンがザックおじにささやいた。「うそか本当かわからんぞ。おれたちを羊の群《む》れから遠ざけて、ぬすむ気かもしれない」

大天使ガブリエルはため息をついて、「あーあ。しるしが見たいのか」そう言ったとたん、空に何百という天使のすがたが現《あらわ》れ、荒野《こうや》に天使の歌声がこだました。

「聞け、天使の歌『み子には栄光
地には平和あれ　世の人々に』」

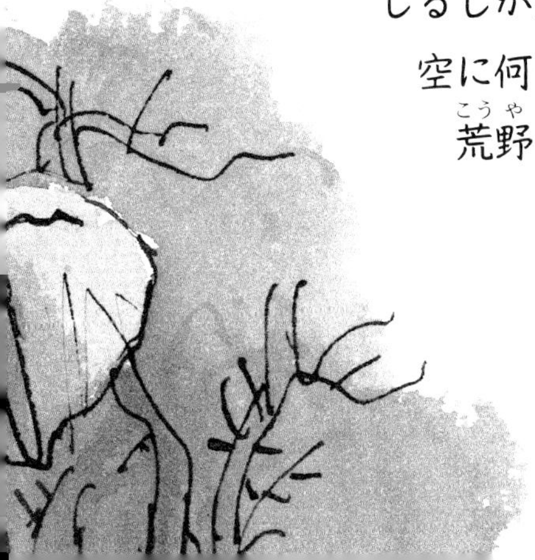

天使は、高らかに歌いながら空中を舞《ま》う。何百というつばさがはためくせいで、あたりに強い風がまきおこる。すると、消えかかっていたたき火が急にほのおをあげ、ごうごうと燃《も》えさかった。

みんなは、ふたたび地面につっぷしたが、わしは顔をあげていた。何ひとつ見のがすもんかと思って、ずっと空を見守っていた。こわいとも思わなかった。ただうっとりして見とれていたんだ。

天使の群《む》れは、現《あらわ》れた時と同じように急に消えた。大天使ガブリエルもいなくなっていた。元の荒野《こうや》の静《しず》けさと暗やみに、羊とわしらを残《のこ》して。目が暗さに慣《な》れるまで、しばらく時間がかかった。親父《おやじ》がたき火にまきを足した。火の粉《こ》が舞《ま》い上がった時、わしはちょっと期待した。もう一度大天使ガブリエルが現《あらわ》れるかもしれないと。だが火の粉《こ》は真っ暗な空にすいこまれていくだけだった。その時ザックおじがささやいた。

「おい、見ろ。東の空を見てみろよ。あの星だ。動いてるぞ！」

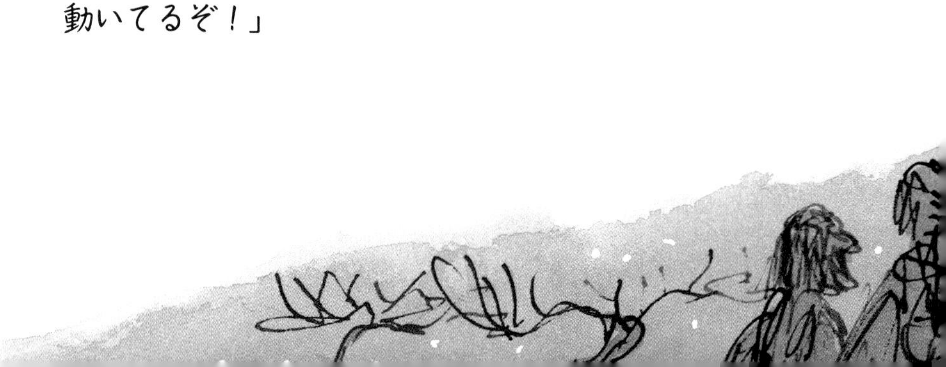

　そのとおり。東の空低《ひく》く、動く星がひとつある
じゃないか。見たことがないほど明るく光る星だ。
「さあ、あの星について行こう」と、ザックおじ。
「救主《すくいぬし》って人が、本当に生まれたかどうか、見て
こないとな。王さまになる赤んぼうが馬小屋にい
るのか、確《たし》かめてこようぜ」
「羊はどうする？」親父《おやじ》が聞いた。「だれが羊を見
てるんだ？　ほっとくわけにいかないぞ」
「やだよ、留守番《るすばん》はごめんだ」兄さんたちは口々
に言った。

　みんな、いっせいにわしを見た。それですぐにピンときたよ。そういうことなのか。

「どうしておれなの？　オオカミが来たら？　ジャッカルが出たらどうする？」わしは言い立てた。

「こいつ暗い荒野《こうや》に一人でいるのがこわいんだ。いくじなしだなあ」ヤコブがばかにして言った。

「たき火があるだろ。けものは火に近づかないぜ」ザックおじがさとすように言った。

「長くはかからないよ」親父《おやじ》は、ほかのみんなよりやさしかったが、やはり同じ。だれもかれも、わし一人を置《お》きざりにする気だ。「ベツレヘムはあの山の向こうだ。明け方までには帰ってくるさ」

「羊を連《つ》れてけばいい。それならみんなで行ける」

わしは食い下がったが、

「こんな暗い中で羊を動かせるわけない。ばかばかしい」とルービンに言い負かされた。

「でも、なんでおれなの？」わしはわめいた。「一番年下ってだけじゃないか。不公平だよ」なのに、だれ一人耳をかさなかった。

「心配することはない」したくができると、親父《おやじ》がなぐさめ顔で「帰ったら、すっかり話してやるよ。約束《やくそく》だ。おまえはたき火をたやさず、羊の番をしててくれ」

そしてみんなはわしを置《お》いて、出かけた。やみの中、四人のかげが遠ざかっていく。あの時ほど孤独《こどく》で、みじめな思いをしたことはない。たき火の前に腰《こし》をおろし、マントを体に引き寄《よ》せて、わしはうらみごとをくり返していた。自分の幼《おさな》さをうらみ、置《お》きざりにした親父《おやじ》をうらみ、いつしか激《はげ》しく泣《な》きじゃくっていた。

どうしようもないくやしさに、
まわりの山々にこだまするほど
大きな声で泣《な》きわめいた。
「ずるいよ！　不公平だぞぉ！」
こだまが消えた時、はっとした。
だれかがいる。目の前のたき火
の赤いほのおの向こうに、大天
使ガブリエルが座《すわ》っていた。

大天使が口を開いた。「ひどいなげきようだね。置《お》いていかれたの？　そうか、だれかが羊の番をしないといけないからか。そういうこと？」

「そうなんです」もう一人きりじゃないと思うと、ほっとして気がしずまった。

「あんたは正しいよ。世の中は不公平なのさ。いいこと考えた。不公平を少し正すために、こうしよう。馬小屋まで、つばさに乗って飛《と》ぶのはいかが？　いなかったことがわからないよう、大急ぎで行ってくればいい」

その言葉を聞いて、わしは大声をあげた。後にも先にもあんなに興奮《こうふん》したことはない。「つばさに乗って飛《と》ぶ？　本当にそんなことができるの？」

「まさに朝めし前さ」

　その時羊の親子が寄《よ》ってきて、仕事を思い出させるようにそばに座《すわ》った。そうだ、羊を置《お》いていけない。わしはがっかりして言った。

「羊の世話をする者がいなくなります」

「わが天使合唱団《がっしょうだん》を忘れないでおくれよ。天使は歌うことだけがとりえじゃないからね」

　その言葉が終わらないうちに、上空で光がはじけた。そして光の中から数えきれないほどたくさんの天使が現《あらわ》れて、羊の群《む》れの中にそっとおり立った。当の羊たちは、さわぐようすもない。

「これだけいれば足りるね？」大天使ガブリエルは笑顔《えがお》で、「さあ、乗って。時間がもったいない」

言われたとおり、羊飼《ひつじかい》用の杖《つえ》を手に、ガブリエルの背中《せなか》に飛《と》び乗った。天使に羊の群《む》れをまかせて、わしは空中に上がっていった。大天使ガブリエルの首に両腕《りょううで》をまきつけて。

「しっかりつかまって。でも、いい子だから私の首をしめるのはやめておくれ」大天使が笑《わら》いながらそう言った。

わしらはぐんぐん上がっていった。地上の荒野《こうや》には、天使たちに守られた羊の群《む》れが見えた。

大天使の大きなつばさは、ゆっくりと力強くはばたく。わしらは黒い鏡《かがみ》のような川を見下ろし、高くなったり低《ひく》くなったりする荒野《こうや》に沿《そ》って飛《と》んだ。行く手の星が示《しめ》すとおり、どこまでも東に進んだ。そのままずっと飛《と》び続《つづ》けていたい気がした。どんなに寒さで指がかじかみ、顔がしびれ、なみだが止まらなくとも。やがて小さな町の灯《あか》りがゆらめくのが見えた。星の動きが止まり、その下には馬小屋の灯《あか》りがあった。大天使は旅人宿の中庭にふわっと舞《ま》いおりた。

町はしんと寝静《ねしず》まっている。聞こえるのはほえあう犬の声ばかり。猫《ねこ》がひとみを光らせ、暗い路地をしのび歩いている。

「一人でお行き」と、大天使ガブリエルが言った。
「母君の名はマリア、父君はヨセフ。さあ、行っておいで」

建物《たてもの》からもれる黄色いランプの光が、わしを招《まね》いているようだった。馬小屋の戸は、半分開いていた。中へ入った。

そこは、どこにでもあるふつうの馬小屋と同じで……暖《あたた》かくて、ほこりっぽくて、動物のにおいがした。二頭のロバが寄《よ》りそって体を横たえていた。わしが通るにつれて、その長い耳を向け、ねむたげにとろんとしたまなざしを投げた。薄暗《うすぐら》い灯《あか》りの中、牛が何頭かいて、満足《まんぞく》そうにモグモグ反芻《はんすう》しているのも見えた。

自分の鼻をなめまわしている牛もいた。だが、赤んぼうなどどこにもいない。救主《すくいぬし》も、王になる人もいそうになかった。しまいには、大天使が馬小屋をまちがえたんだろうと思えてきた。その時、奥《おく》のつきあたりで男の声がした。

「こっちこっち。羊といっしょだよ。羊をふまないよう気をつけて」

羊の間をかきわけるようにしてゆっくり進む。暗がりから一頭の子羊が飛《と》び出してきて、母羊のお乳《ちち》にすいついた。子羊はうれしそうに、しっぽをふりまわしている。

その時、やっと見えた。お母さんと赤ちゃんの顔が、ランプの灯《あか》りに明るくかがやいていた。

「もっとこっちへどうぞ。赤ちゃんは目をさましているから平気よ」お母さんが声をかけてくれた。
　お母さんは胸《むね》に赤ちゃんを抱《だ》いて、干草《ほしくさ》の山に寄《よ》りかかっていた。赤ちゃんは、ピンク色の顔と小さな手しか見えなかった。その小さな手をもぞもぞさせたかと思うと、自分の口に持っていった。赤ちゃんは、わしの顔をじっと見ていたが、やがて口から手をはなすと、にっこり笑《わら》った。あの清らかな笑顔《えがお》は忘《わす》れられない。胸《むね》にふっと温《あたた》かな思いがこみあげる、思い出すたび今でも心がふるえるほどの笑顔《えがお》だった。
　干草《ほしくさ》の上にしゃがんで、

指を近づけると、小さな手でわしの指をにぎった。
そのままはなそうとしない。

「おお、強い強い」わしが言うと、

「強く育ってもらわないとね」お父さんが答えた。

それからしばらく三人で、声をひそめて語り合った。赤ちゃんのお父さんは、お産《さん》の時にもっと良い場所を用意できなかったのを残念《ざんねん》がっていた。

しかしベツレヘムの町じゅう、どこの宿も空室がなかったそうだ。

「ここでいいのよ。暖《あたた》かいし、干草《ほしくさ》を入れた飼《か》い葉桶《ばおけ》はゆりかごにぴったりだわ。この子に不足の物なんてありません。それにお祝《いわ》いのお客さままで見えたんですもの。抱《だ》いてみたい？」

それまで子羊ならともかく、人間の赤んぼうを抱《だ》いたことはなかった。赤ちゃんのお父さんがこつを教えてくれた。やってみると、あんがい子羊より楽だった。ジタバタあばれたりしないから。

「名前はなに？」赤ちゃんを胸《むね》に抱《だ》き、泣《な》き出さないでと祈《いの》りながら、わしはきいた。

「イエスよ。イエスと名づけました」

　それから何分かの貴重《きちょう》な時間、わしは赤んぼうを、この腕《うで》に抱《だ》いて過《す》ごした。あとになって、わしの生きる道を照《て》らす光となった、その方を。

　ねむった赤ちゃんが飼《か》い葉《ば》桶《おけ》に寝《ね》かされ、お母さんもねむってしまうまで、わしはそこにいた。帰る時には、羊たちの間をぬって戸口までお父さんが見送ってくれた。

「これからまだ祝《いわ》い客が見えるだろう。でも、最《さい》初《しょ》に来てくれたあんたのこと、忘《わす》れないよ」

「おれも忘《わす》れません」

そう答えて帰ろうとした時、思いついたことがあった。

「うちの村では、赤ちゃんが生まれると、みんなが贈《おく》り物《もの》を持ってきます。でも今おれが持っている物といえば、これしかありません」

わしは、羊飼《ひつじかい》の杖《つえ》をさしだした。「親父《おやじ》さんが作ってくれた杖《つえ》です。一生使えるそうです」

「ありがとう」言いながらお父さんは、杖《つえ》の表面に手をすべらせた。「すばらしいできだ。うでの良い職人《しょくにん》の仕事だな。これ以上の贈《おく》り物《もの》はない」そして、馬小屋の中にもどって行った。

しばらく後、大天使ガブリエルが背中《せなか》に乗せて
わしを連《つ》れ帰ってくれた。馬小屋の庭の
囲《かこ》いを飛《と》びこえ、ねむりに包《つつ》まれた
町の上空を過《す》ぎ、まぶしく光る
星のかがやきを背《せ》にして、
元の荒野《こうや》の暗《くら》やみへ。

空を飛《と》んで行きながら、頭の中は疑問《ぎもん》でいっぱいだった。あの赤ちゃんのことをもっと知りたかった。王だって？　救主《すくいぬし》だって？　風の音に負けずに、大天使の耳に向かってどなった。「あの赤ちゃんが、どうやって、みんなに安らぎといつくしみをもたらすの？」

大天使ガブリエルは、その質問に答えず、ただ飛《と》び続《つづ》けた。わしの声など、聞いていないのかと思った。けれど、羊の群《む》れと守り手の天使たちが待つ地上へおりるころになって、ようやく答えてくれた。

「愛《あい》によって」と、大天使ガブリエル。「イエスは人々に愛《あい》をもたらす。そして愛《あい》があればこそ、やすらぎといつくしみが生まれる。 さあ、いい子だから、たき火をたやさないよう気をつけて」

それが最後《さいご》の言葉で、さよならを言うひまさえなかった。大天使ガブリエルはまたたく間に夜空に消えていった。すべての天使がきらめく光となってつき従《したが》った。舞《ま》い上がる時、初めは天使の羽音が音楽に聞こえた。次にそれは天使の大合唱《だいがっしょう》となり、喜《よろこ》びにあふれる歌声が天に満《み》ち、荒野《こうや》にひびきわたった。わしの心にも喜《よろこ》びがわきあがってはちきれそうになった。

「ダビデの村に　生まれしみ子を
世界の民《たみ》よ、共にあがめて
聞け、喜《よろこ》びの　おとずれの歌」

ゆっくり歌声は消え、光も消えていった。

急に、夜のやみに一人とり残《のこ》された気持ちになった。その時羊がまわりに寄《よ》ってきた。そう、今夜のふしぎなできごとは、羊たちも見ていたんだ。

親父《おやじ》たちは、夜明けとともに帰ってきた。見てきたことで頭がいっぱいで、とくいそうだった。星を追って馬小屋に着くと、赤んぼうは産着《うぶぎ》に包《くる》まれ、飼《か》い葉桶《ばおけ》でずっとねむっていたそうだ。

「おまえは行けなくて、残念《ざんねん》だったなあ」

ルービンがにやにや笑《わら》いながら言った。

「三人の博士《はかせ》が着いたんだ。遠いペルシャから。それで、居場所《いばしょ》がなくなって出てきたんだよ」

ザックおじは、ふきげんだった。
「博士《はかせ》たちが持ってきた贈《おく》り物《もの》を見せたかったよ。黄金、乳香《にゅうこう》、没薬《もつやく》。わしらが贈《おく》れる物《もの》といったら、この杖《つえ》しかないんだもの。だが、これを贈《おく》るわけにはいかないだろうが」

「まのぬけた話さ」と、ヤコブ。
「羊はどうだった？　留守《るす》の間、何もおこらなかっただろうね？」親父《おやじ》が聞いた。
「何にも。何にもなかったよ」
　もう少しで話してしまいそうだった。何もかもしゃべりたくてたまらなかった。でも、そうしなかった。だれも信じないのがわかってたから。兄さんたちに、いつもよりひどくからかわれるだけだ。だまっていようと自分に言い聞かせた。いつか時がきたら、自分の子どもや、孫《まご》たちに話して聞かせよう。子どもや孫《まご》の代になれば、あの赤ちゃんが救主《すくいぬし》になったことが、世の中に知れわたっているだろうから。おまえたちだって知

っているだろう？　あの方の生涯《しょうがい》や行い、その言葉を。おまえたちはこの話をうのみにしないかもしらんが、わしをばかにしたりはしない。ただ、じいさんも歳《とし》だから、もうろくしたと思っているのだろう。そういうことにしておこう」

　じいさんの話は、いつもこんなふうに終わる。声をひそめて、「わしが贈《おく》った杖《つえ》な……親父《おやじ》には、あの晩《ばん》暗がりで失くしたと言って、新しいのを作ってもらった。……あの方は生涯《しょうがい》あの杖《つえ》をお持ちだった。山で説教された時も、五千の民《たみ》に食料《しょくりょう》を分け与《あた》えた時も、エルサレムへ行かれた時も。最《さい》後《ご》まで、持っていてくださった。杖《つえ》をとりあげられ、十字架《じゅうじか》を背負《せお》われた、あの時までだ」

物語は終わった。

でも、ゆうべはこれでおしまいにならなかった。昨日の晩《ばん》から、あの話がちがって見える。信じられないことがおこって……だから書いておくことにした。そうすれば、いつでも思い出せるし、本当かどうか疑《うたが》わなくなるだろう。

ゆうべ、じいさんの話が終わっても、おれたちはたき火を囲《かこ》んだまま、物思いにふけっていた。ああ、これでじいさんの話は、また来年まで聞けない。おもしろいけど、しょせんはほら話。じいさんが生涯《しょうがい》をイエスの教えに従《したが》って生き、彼を愛していることはわかっている。本当にあったことだと思いこんでいるんだ。そう思いたいだけなんだろう。このほら話に、ひとかけらでも真実があるんだろうか？　みんなくり返し、そんなことを考えていた。

　じいさんが、たき火を杖《つえ》で突《つ》っつき始め、いつものように火の粉《こ》が夜空に舞《ま》い上がった。

　ところが、その時だ。ふしぎにも、火の粉《こ》は星に向かって飛《と》ばず、ひとつに集まって、大きな光となったではないか。

その中にかがやくほのおが見えたかと思うと、天使のすがたになっていった。何百という数の天使。空にはためくつばさの音が音楽となった。続《つづ》いて天使の合唱《がっしょう》。満天《まんてん》に喜《よろこ》びの歌声がひびきわたった。その時おれの心にも大きな喜《よろこ》びがわきあがった。

「聞け、天使の歌『み子には栄光
地には平和あれ　世の人々に』
ダビデの村に　生まれしみ子を
世界の民《たみ》よ、共にあがめて
聞け、喜《よろこ》びの　おとずれの歌」

「日本基督教団賛美歌委員会著作権使用許諾第　3409号」

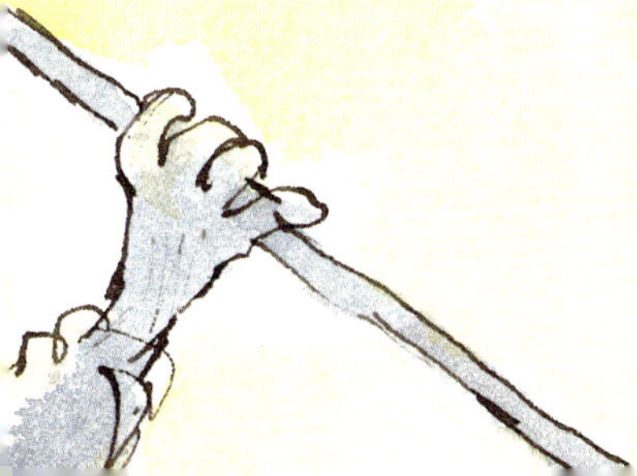

天使のつばさに乗って
M・モーパーゴ 作/Q・ブレイク 画/佐藤 見果夢 訳
ISBN978-4-566-05071-6　NDC933　48p. 152㎜×152㎜
(〒162-0815) 東京都新宿区筑土八幡町2-21
電話　営業03(3260)9409　編集03(3260)9403
評論社 http://www.hyoronsha.co.jp
2007年10月5日初版発行